Vendôme 11 Juillet 1912

Meubles

=== et ===

Objets d'Art

ANCIENS

Porcelaines et Faïences

DÉPENDANT DE LA

Belle Collection SAMPAYO

Médaillée aux Expositions Universelles de 1867 et 1878

Vendus après le Décès de Madame SAMPAYO

à Vendôme, le 11 Juillet 1912

EN SON HOTEL RUE BASSE

＊＊＊ VENDOME ＊＊＊

IMPRIMERIE CHARTIER

＊＊ 25, PLACE D'ARMES ＊＊

Meubles

== et ==

Objets d'Art

ANCIENS

Porcelaines et Faïences

DÉPENDANT DE LA

Belle Collection SAMPAYO

Médaillée aux Expositions Universelles de 1867 et 1878

Vendus après le Décès de Madame SAMPAYO

à Vendôme, le 11 Juillet 1912

EN SON HOTEL RUE BASSE

CONDITIONS DE LA VENTE

Elle sera faite au comptant.

Les adjudicataires paieront dix pour cent en sus des enchères.

L'exposition mettant le Public à même de se rendre compte de l'état et de la nature des objets, aucune réclamation ne sera admise une fois l'adjudication prononcée.

Vendôme – Imprimerie H. CHARTIER

CATALOGUE

DES

Objets d'Art & d'Ameublement

MOBILIER ANCIEN LOUIS XIV, LOUIS XV & LOUIS XVI

Canapés, Bergères, Fauteuils. Chaises, Tables, Liseuse, Poudreuses, Bonheur-du-Jour, Bureaux, Secrétaires, Chiffonniers. Commodes, Vitrines, Ecrans.

Consoles, Pendules, Candélabres, Flambeaux. Chenets, Bahuts allemands, Cabinets italiens. Cabinets japonais.

Paravents. Coffres japonais.

PORCELAINES & FAIENCES

Porcelaines de Chine et du Japon, de Saxe, de Sèvres, de Paris. Faïences.

Magnifique Service de Venise.

TABLEAUX

Dépendant de la

BELLE COLLECTION SAMPAYO

Dont la VENTE aura lieu aux Enchères Publiques, à VENDOME, en l'Hôtel de Madame SAMPAYO, rue Basse,

LE JEUDI 11 JUILLET 1912

A 1 heure précise

Par le Ministère de Mᵉ Henri GIRARD, Commissaire-Priseur à Vendôme

En présence de

Mᵉ Paul CROYÈRE, Notaire à Vendôme

EXPOSITION :

Le matin de la Vente de 9 h. à 11 h.

DÉSIGNATION

MEUBLES

ET

OBJETS MOBILIERS

1 — Un écran Louis XVI bois de rose avec planchette mobile : Marqueterie fleurs.

2 — Un guéridon bois sculpté.

3 — Une table Louis XVI acajou massif, forme Rognon : Deux compartiments et pupitre mobile.

4 — Une pendule Louis XVI (ROCQUE, à Paris) : Urne marbre blanc, cadran horizontal tournant, enguirlandée de pampres bronze doré. Hauteur 0m60.

5 — Un fauteuil Louis XIV canné.

6 — Une petite table marqueterie fleurs Louis XVI.

7 -- Une liseuse acajou, pied à crémaillère.

8 - - Une tapisserie au point sous verre, cadre bois
doré : Bouquet de roses et lilas.

9 -- Monture d'écran japonais bois de fer.

10 — Deux tableaux au point sous verre : Oiseaux et
paysages XVIIIe siècle.

11 — Paravent à trois feuilles, monture bois sculpté :
Travail portugais.

12 --- Deux lampes imitation de Céladon.

13 - Bergère Louis XV.

14 — Deux consoles Louis XVI, tablette marbre gris.

15 --- Une glace Louis XVI, bois doré : Ruban détaché
au fronton. Médaillon de Voltaire.

16 — Petit écran Louis XV, vert et or.

17 — Un petit canapé Louis XVI.

18 Un socle en Boule.

19 -- Un cul-de-lampe Boule.

20 - - Une armoire Louis XVI, acajou massif : Rosaces
et entrées de serrures bronze doré.

21 — Un petit miroir bois sculpté

22 — Une commode Boule, dessus Boule, beau meuble, *mauvais état.*

23 — Un paravent avec tapisserie.

24 — Un paravent.

25 — Une chaise Louis XV.

26 — Quatre chapiteaux, bois sculpté et doré.

27 — Un fauteuil Louis XIV.

28 — Une table ronde salle à manger, style Louis XIV : Ebène, cuivre, bronzes dorés.

29 — Une grande vitrine, style Louis XIV, à trois portes : Ebène, cuivre, bronze doré.

30 — Une autre vitrine pareille. Hauteur 2m30, largeur 2m75.

31 — Une pendule marqueterie Louis XIV, avec socle ajouré : Ecaille, cuivre, bronze doré.

32 — Quatre candélabres à trois branches, plaqué argent.

33 — Un cabinet japonais, laque, coins, charnières,
entrées de serrures en bronze doré. Bordure, avanturine, décor chrysanthèmes or. Sept tiroirs inté-
rieurs. Décors variés.

34 — Autre cabinet japonais pareil. Largeur 1m00,
hauteur 1m30.

35 — Un grand coffret chinois, laque et nacre.

36 — Un coffret japonais, laque et nacre, décors en
relief. Intérieur avanturine.

37 — Une console, bois doré.

38 — Une grande pendule, vernis Martin, sur socle
(Louis XV). Décors fleurs et instruments de mu-
sique. Bronzes. Au sommet, *la Renommée*.

39 — Une table à trictrac Louis XVI.

40 — Un grand écran Louis XV, bois doré.

41 — Deux chaises Louis XV, bois doré.

42 — Six chaises Louis XVI, carrées, lyre au dos-
sier. Signées : PLUVINEL.

43 — Un grand cabinet italien. Marqueterie.

44 — Un fauteuil avec tapisserie au point. Époque
Régence. Personnages.

45 — Deux fauteuils Louis XVI, bois doré, à médaillon
(cuir rouge).

46 — Un fauteuil Louis XIII.

47 — Deux flambeaux, bronze doré, style Louis XV :
Amours.

48 — Cadran doré, époque Louis XIV, Horloge sans
gaine, donnant les jours, les semaines, le mois,
réveil, sonnerie à répétition à volonté.

49 — Un grand bahut allemand 1698.

50 — Un grand bahut allemand 1688, plus important
que le précédent

51 — Une petite vitrine Louis XV, bronze doré.
Hauteur 1m35, largeur 1m60.

52 — Un petit secrétaire Louis XVI, bois de rose,
bronze doré : marqueterie à cubes, tablettes marbre
blanc. Signé : J.-A. Hartzr.

53 — Deux girandoles appliques Louis XV, bronze
doré.

54 — Deux presse-papiers Lions, en bronze doré.

55 — Un bonheur-du-jour acajou, bronze doré.

56 — Deux flambeaux Louis XVI, bronze doré.

57 — Une glace Louis XIV.

58 — Une glace Louis XIV.

59 — Deux chiffonniers Louis XVI, bois de rose,
bronze doré, entrées de clef et poignées quatre tiroirs,
tablettes marbre couleur. Signé : P.-H. MEWESSEM.

60 — Un grand secrétaire Louis XVI, bois de rose,
entrée de serrure bronze doré.

61 — Deux chenets bronze doré Louis XVI, pomme
de pin, urnes à têtes de Faunes, guirlande de
roses.

62 — Deux chenets bronze doré Louis XVI, brûle-
parfums, urnes à têtes de Faunes, guirlande de
roses.

63 — Coiffeuse marqueterie Louis XVI, bois de
rose, décors, fleurs.

64 — Une commode Boule avec tablette Boule
Louis XIV.

65 — Une grande bergère carrée Louis XVI. Signature peu lisible.

66 — Une commode marqueterie Louis XVI, bronze
doré, un grand sujet, deux médaillons, figures
d'après l'antique, sur les côtés vase antique,
tablette marbre gris.

67 — Une commode Louis XV, bronze doré, tablette
marbre rouge. **Signé M. M.**

68 — Commode Louis XIV avec bronzes et cuivres,
dessus marbre rouge.

69 — Commode Louis XIV, ébène, cuivre, bronzes
dorés, marbre noir.

70 — Un buffet à deux corps Louis XV, chêne.

71 — Bureau dos d'âne Louis XVI, bois de rose,
marqueterie fleurs.

72 — Une commode Louis XV, bois de rose, bronzes
dorés.

73 — Petit encrier, pendule bronze : *Chien portant
un Panier.*

74 — Pendule religieuse, écaille Louis XIII.

75 — Un guéridon marqueterie racine, pieds acajou.

76 — Un mobilier Louis XVI, laqué blanc à plumets
et perles, comprenant :

Un canapé. Signé : Gorge. *Mauvais état.*
Trois fauteuils, signés de même.

77 — Trois fauteuils, un tabouret.

78 — Une bergère dos ovale (signature peu lisible).

79 — Une bergère semblable.

80 — Chaise Louis XV. Signée CRESSAN.

81 — Deux fauteuils Louis XVI. bois doré, à médaillon. Signature.

82 — Une paire chenets. bronze doré Louis XV : *Enfants tenant des Plumes.*

83 — Une bergère Louis XV.

84 — Un fauteuil Louis XIV.

85 — Deux colonnes torses. chêne. pampres. raisins 1^m60.

TABLEAUX

86 — Une miniature intéressante : *Portrait de Voltaire.*

87 — Deux boites avec miniatures grisailles, têtes :
une miniature octogonale, tête grisaille.

88 — Un tableau, Ecole Française, attribué à
DROUAIS le Père. Deux enfants costumés : *Petit
Garçon en costume Henri III ; Petite Fille tenant
un Loup à la main.*

89 - - *Enfant jouant avec un Polichinelle,* par BILCOCK.

90 — Deux petits paysages, sur cuivre.

91 — Un paysage, Ecole Française : *Rochers et
Rivière.*

92 — Un tableau sur toile, scène d'intérieur : *Les
Joueurs,* par LEDUCQ. 1774.

93 - - Un portrait d'enfant.

94 - Un autre portrait d'enfant.

95 — Un portrait d'homme, Ecole Française.

PORCELAINES
ET FAIENCES

96 — Un vase Japon ancien, forme Lisbeth, monture bronze doré. Hauteur 0ᵐ60.

97 — Deux vases Japon ancien, forme Lisbeth. Hauteur 0ᵐ55.

98 — Deux coupes Sèvres, monture bronze doré.

99 — Soupière et plat Japon, bleu et blanc.

100 — Un cornet Chine Kien-Lung, *fêlé*, mais belle pièce, monture bronze doré, moderne. Hauteur 0ᵐ45.

101 — Deux grandes potiches Kien-Lung, monture bronze doré, moderne, formant ensemble avec le précédent.

102 — Une potiche Delft et son couvercle. Hauteur 0ᵐ40.

103 — Une petite coupe Chine à sacrifice, bleu turquoise.

104 — Deux cache-pots, forme octogonale, ajourés avec réserves, fleurs, fond bleu et or.

105 — Un groupe, pâte tendre, de Tournay. *mauvais état, Amour sur un Rocher.*

106 — Deux groupes Menécey, à deux personnages : *Musiciens,* dont l'un réparé.

107 — Un grand plat vieux Japon, bleu or et rouge, sur fond blanc. Diamètre 0m50.

108 — Une buire Kiel, monture étain, à décors chinois.

109 — Deux coupes à libations, Chine, rose et or.

110 — Un petit pot Sèvres, fond bleu, décor fleurs, monture bronze.

111 — Une soupière ovale, faïence, couvercle et plat dessous, bleu et blanc.

112 — Deux plats Chine, longs, à pans coupés, décor fleurs, bleu sur blanc.

113 — Quatre plats Chine, dont : deux ovales : deux pans coupés, décors bleu sur blanc.

114 — Un plat rond, Chine, rose, de Kien-Lung. *Fêlé.*

115 — Deux assiettes Japon, bleu, rouge et or.

116 — Un petit pot Chine, côtelé, fond blanc, réserves avec meubles et fleurs.

117 — Une verseuse Venise, décor oiseaux.

118 — Un porte-bouquet, à cinq branches, Lunéville.

119 — Une théière ; un pot-au-lait ; un sucrier en porcelaine de Paris.

120 — Une statuette, faïence anglaise : *Diane Chasseresse.*

121 — Deux bouteilles, bleu et or, porcelaine anglaise.

122 — Deux vases Chine, noir, à couvercles. Hauteur 0m25.

123 — Potiche Delft, à couvercle.

124 — Un encrier, porcelaine de Sèvres, monture bronze doré, bleu, décor fleurs.

125 — Un petit émail, de Limoges, rond : *Combat de Cavaliers.*

126 — Statuette biscuit : *Chanteuse.*

127 — Deux porte-bouquets, faïence Japon : *Carpes debout.*

128 — Plateau de Sèvres, fond bleu turquoise, bouquet de roses et or.

129 — Une coupe Japon, montée bronze.

130 — Une coupe Chine, rose. Yung-Chi, coque d'œuf
aux sept bordures.

131 — Petite coupe Sèvres, fond jaune.

132 — Deux vases Chine, Kien-Lung, fond réticulé sans
couvercle, réserves, forme hexagonale, brun et or.
Hauteur des cinq vases 0m15.

133 — Trois vases Chine, Kien-Lung, fond réticulé avec
couvercles monstres, réserves, vases de fleurs, col
évasé, forme hexagone, allant avec le numéro
précédent.

134 — Pot en Delft, monture étain.

135 — Petit pot Chine, fond capucin.

136 — Une bouteille Chine, fond bleu, décor fleurs en
plus pâle.

137 — Trois plats faïence Japon.

138 — Quatre assiettes porcelaine Japon.

139 — Une boîte émail or et rose.

140 — Une petite boîte onyx.

141 — Saladier Chine, décor bleu. Personnages.

142 — Saladier Compagnie des Indes. Décor vaisseaux.

143 — Deux assiettes hexagonales Japon.

144 — Deux tasses Japon.

145 — Un pichet grès, monture étain.

146 — Petite buire cristal doré.

147 -- Trois pots à crème Locré.

148 -- Bonbonnière écaille blonde étoilée d'or. (Miniature *Vénus, Amphitrite*).

149   Bonbonnière écaille brune, miniature fleurs.

150   Une grande potiche vieux Chine, montée en fontaine. Décor or, rouge et bleu, sur fond blanc. Hauteur 0^{m}80.

151 — Trois grosses potiches porcelaine Chine, dont une avec couvercle, décor bleu sur fond blanc. Hauteur 0^{m}65.

152 — Deux potiches octogonales, faïence bleue et blanche. Hauteur 0^{m}50.

153 — Un service de Venise, Louis XV, rouge et or, fond blanc, composé de :

Quarante-deux assiettes.

Quatre petits légumiers avec couvercles décorés de fleurs en relief.

Quatre plats ronds avec trois couvercles même
décor.

Deux plats longs avec couvercles tête de coq, tête
de dindon.

Deux plats longs avec couvercles asperges et
moules.

Une soupière et son couvercle fleurs.

Un couvercle de soupière fleurs.

Un plat long.

Trois compotiers.

Deux petits plats longs.

Quatre plats un peu plus grands.

Deux porte-burettes.

Deux salières.

154 — Trente-neuf assiettes et deux feuilles Saxe
rouge et or sur fond blanc. Marque au point.

155 — Service à thé Saxe, marque au point :

Une cafetière.

Une théière.

Un sucrier.

Une boîte à thé.

Une petite coupe, dix-sept tasses à thé, trois tasses
à café.

156 — Un grand bol Saxe et sa soucoupe.

157 — Seize assiettes porcelaine de Chine, compagnie
des Indes.

158 — Cinq tasses, quatre soucoupes Sèvres.

159 — Deux tasses Sèvres, blanches, à deux anses.

160 — Une tasse Sèvres et sa soucoupe, paysages sur
fond jaune.

161 — Deux seaux à rafraîchir Locré.

162 — Six compotiers Locré et dix assiettes Locré.

163 — Une petite coupe émail.

164 — Douze manches de couteaux Saxe rouge et or.

165 — Têtes de nègres en bronze. Lampe travail
italien.

166 — Epicière Lunéville, faïence blanche.

167 — Deux bouteilles porcelaine de Chine, décor bleu
sur fond blanc.

168 — Deux porte-bouquets Lunéville, décor couleur.

169 — Quatre corbeilles faïence anglaise Worcester.

170 — Deux porte-bouquets appliques, Rouen.

171 — Deux plats ronds Chine, bleu et blanc.

172 — Deux flambeaux cristal Cariatide, femme 1830

173 — Deux pots Japon à anses, décors bleu foncé, or et rouge sur fond blanc.

174 — Deux compotiers Japon, décor bleu, or et rouge sur fond blanc.

175 — Deux vases Chine, fond capucin avec réserve fleurs.

176 — Deux flambeaux « buen retiro » : *Enfants avec pampres*.

177 — Deux grandes bouteilles Delft, long col.

178 — Un vase vieux Chine, fond réticulé avec couvercle.

179 — Une potiche Chine.

180 — Deux grands vases, imitation Céladon, dont un réparé, 0m80 de hauteur.

Tous les objets mobiliers sont en parfait état, sauf ceux spécialement annotés.